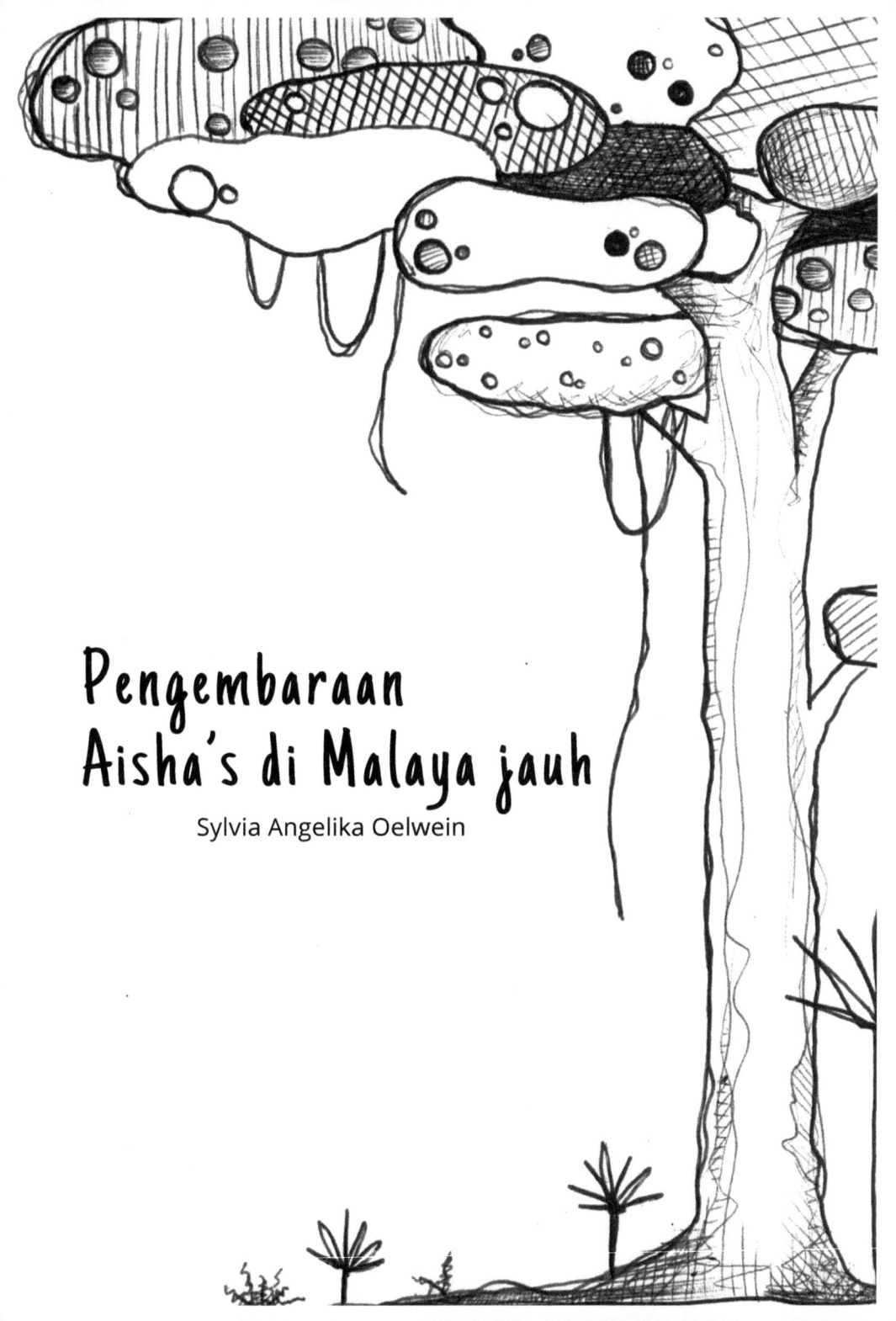

Pengembaraan Aisha's di Malaya jauh

Sylvia Angelika Oelwein

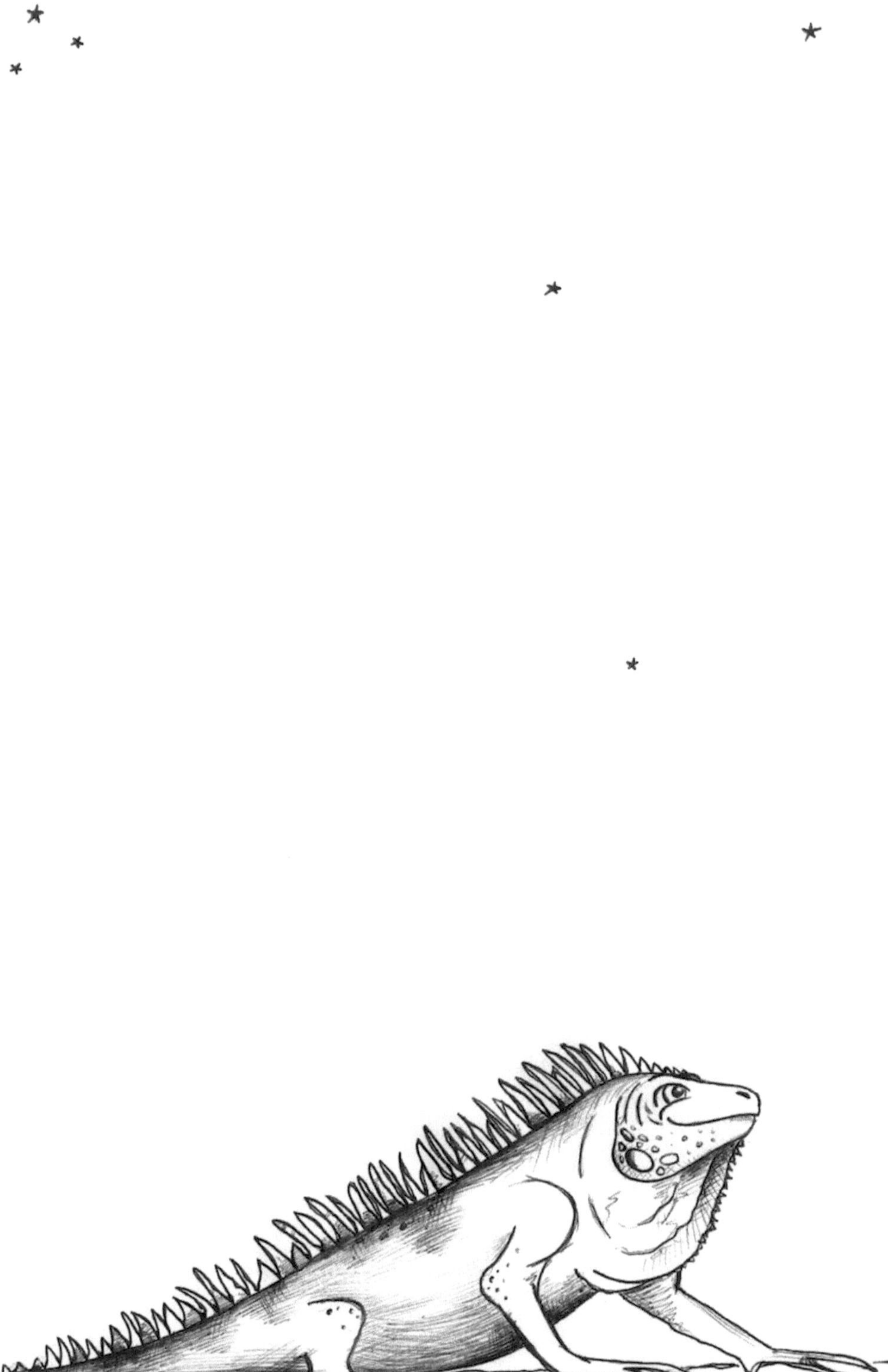

Sylvia Angelika Oelwein

Pengembaraan
Aisha's di Malaya jauh

Cerita- cerita binatang yang sesuai untuk kanak-kanak
dari 5 dan orang dewasa yang belum lupa bagaimana
hendak berfikir sebagai kanak-kanak.

Bibliografische Information der Deutschen Nationalbibliothek
Die Deutsche Nationalbibliothek verzeichnet diese Publikation in der
Deutschen Nationalbibliografie; detaillierte bibliografische Daten sind im
Internet über http://dnb.d-nb.de abrufbar.

Maklumat lebih mengenai penulis:
E-Mail: sylvia.oelwein@gmail.com
Tel. 0049-163 7302237
Terjemahan: Muhammed Khair Bin Muhammad Rizauddin
Reka bentuk: Raymond Eiber
Ilustrasi: Jan Anderson

Dicetak di German

Herstellung und Verlag:
BoD - Books on Demand, Norderstedt
ISBN 978-3-7386-4718-1

Berdedikasi kepada bayi baru yang akan dilahirkan kepada keluarga kami pada tahun ini. Ibu-bapanya adalah, anak, saya, Philipp dan Angelina; sesama kepada anak-anak saya Isabel, Philipp dan Julia dan keluarga mereka; dan kepada semua kanak-kanak di muka bumi ini!

Keinginan saya adalah yang buku ini akan menyambung manusia kepada alam semula jadi lebih daripada dulu, kepada tumbuh-tumbuhan, binatang dan dunia ini. Kami ingin mengada masa hadapan yang beraman dan bergembira supaya alam semula jadi boleh tubuh, binatang mendapat tempat perlindung, manusia berhidup dalam keamanan dan berkenaan kepada satu sama lain tidak kira bangsa atau bahasa.

Contents

Kata pengantar

Sesuai untuk kanak-kanak dari 6 dan orang dewasa yang ingin mengenang kembali zaman kanak-kanak.

Kata Pengantar
Ramai orang dewasa tidak boleh berfikir atau berasa sperti kanak-kanak. Ramai orang dewasa merumitkan kehidupan dan oleh kerana itu hilang hubungan dengan alam semula jadi.

Tetapi apa yang orang boleh membuat tanpa alam semula jadi?

Manusia selalu meniru alam semula jadi untuk memperbaiki kehidupan kami. Tetapi, walaupun kami mengada kemajuan dalam teknologi kami mesti tidak boleh meniru alam semula jadi sama sekali.

Jom kita berjalan sama-sama antara alam semula jadi, khususnya di pantai timur Malay dan hutannya. (Malaya adalah nama lama Malaysia).

Kawan lama saya memberitahu saya 25 tahun lalu: menonton burung, mereka hidup senang, tidak menjahit, tidak tuaian, mereka hanya penyebaran sayap mereka dan berterbang. Ini adalah kebebasan betul!

Sekarang menikmati membaca cerita binatang yang saya mengalami dalam alam semula jadi dan menulis untuk kanak-kanak. Tetapi, mungkin ada orang dewasa yang akan menikmati cerita-cerita ini.

Kuantan, Malaya, Januari 2015

Aisha

Aisha ialah seorang wanita yang berumur enam tahun. Dia bertinggal di kampung sesama ibu-bapa dan tiga abangnya. Kampung Aisha adalah di sekitar luar Sungai Lembing dan kerana itu, Aisha mengambil masa banyak dengan alam semula jadi yang berjauhan dari Bandar.

Abang- abang Aisha tidak beberapa menarik dengan alam semula jadi. Mereka lebih tua dari Aisha dan hanya Zainiffa, yang berumuran paling dekat dengan Aisha, mengikutnya sekali- sekala untuk menikmati alam semula jadinya. Aisha akan menjemput Zainiffa apabila dia ada banyak idea-idea dan memerlu abangnya untuk menyedari ideanya. Dia amat bagus untuk itu!

Zainiffa berumur sepuluh tahun dan bersekolah di sekolah tinggi Kuantan. Abangnya Mohamed dan Ibrahim berumur tiga belas dan lima belas tahun masing-masing. Mereka berdua hampir selesai pelajaran dan menunggu kerja di Kuala Lumpur kerana tidak cukup kerja untuk semua orang.

Mohamed hendak mengerja sebagai mekanik kereta dan Ibrahim sebagai pemandu bus besar. Zainiffa pula bermimpi untuk menjadi pelukis terkenal satu hari.

Abah Aisha bekerja sebagai seorang penjaga di resort percutian pelancongan. Ibunya pula bekerja sebagai penjahit untuk mendapat wang tambahan. Duitnya patut cukup tetapi untuk menguap lima mulut kelaparan ibunya hendak kerja lebih.

Kehidupan di Kampung mudah, mereka ada semua yang diperlukan; air, kuasa elektrik, gas untuk bermasak dan katil untuk semua orang. Tiga-tiga abang berkongsi satu bilik tidur manakala Aisha ada biliknya sendiri kerana dia wanita.

Keluarga Aisha bersimpan seekor anging, Josef dan dua kucing, Teluk dan Baluk. Lima ekor ayam pula disimpan untuk telur-telurnya. Apabila anak ayam sudah matang dan boleh menghasilkan telur, ayam bertua menjadi makan malam. Itu adalah kehidupan Kampung, keluarga Aisha perlu membuat apa sahaja untuk terus hidup. Oleh itu, sentiaa ada lima ayam.

Sudah tentu ada monyet yang tinggal berdekatan dan kadang-kadang sebiji pisang atau kacang somo dicuri. Ibu tidak beberapa gembir dengan perbuatan ini, dia hendak memakan pisang dan kacang itu untuk makan malam.

Aisha mempunyai banyak pengembaraan yang indah. Saya ingin memberitahu anda beberapa ceritanya.

Ketam

Awal pagi Aisha akan ke laut untuk bercuci kakinya. Dia amat suka sekali berseseorang di laut awal pagi sebelum ibu memangilnya untuk bersarapan dan temannya ke sekolah.

Apabila Aisha sampai laut, airnya surut. Kerana itu, Aisha mesti berjalan jauh untuk mencapai airnya.

"Berhati- hati di mana anda langkah!" berkata seorang, Anda pijak kepala saya!"

Aisha terkejut dan memusing dalam ketakutan tetapi tiada siapa-siapa. Aisha mengerling belakangnya tetapi tiada orang. Dia terus pandang bawah ke kakinya dan ternampak seekor ketam kecil. Oleh kerana ketam itu berwarna rapat dengan pasir, ia susah untuk Aisha mengenalpastinya. Ketam kecil ini mengintip dari lobangnya dan tengah melihat Aisha.

Aisha berlutut dan bertanya: "Apakah nama kamu?"

"Nama saya Ketam, apakah nama kamu?"

"Nama saya Aisha", Aisha menjawab.

Pada masa itu, Aisha menyedari lubang yang Ketam tengah menggali kelihatan seperti lukisan lawa. Ketam tidak lebih besar dari ibu jari tangan Aisha.

"Indahnya sekali" Aisha berteriak dengan kegembiraan, "ini adalah lukisan!"

Sebernarnya, ketam kecil ini berusaha banyak untuk mewujudkan lubang ini: dia mengeluarkan pasir dari shellnya dan mengedarkan ke sekeliling lubang ini. Lubang ini berguna kepadanya untuk sembunyik.

Di sekeliling lubang itu, Aisha berampak lukisan terlawa yang berupa bintang. Bintang ini dibuat oleh pasir bola yang kecil.

Denagan kegembiraan dan kepentingan mengenai lukisan ini, Aisha bertanya: "Ketam adalah artis! Bagaimana anda membuat sekeping induk ini? Saya tidak boleh lukis ini pada sehelai kertas!"

Ketam kecil itu telah senyum dengan luas, kegembiraan ditunjjukan di seluruh mukanya dan penyepitnya bernaik.

"Ya," dia berkata dengan kebanggaan, "Saya telah bekerja pada ini seluruh pagi dan sekarang anda sudah dimusnahkan kerja saya dengan satu langkah kaki. Bernasib baik saya nampak kaki anda datang dan memberi amaran secukup masa. Anda sudah menghancurkan sedikit."

"Kenapa Ketam membuat semua ini?" Aisha bertanya.

"Saya mesti bekerja dengan pantas kerana apabila air surut datang, Ketam akan mati. Sebab itu, Ketam menggali lubang ini cukup dalam untuk melindungi diri saya dari pengeringan. Apabila air pasang pulang, Ketam boleh merangkak daripada lubang saya sekali lagi."

Aisha bercuba sekali untuk memperbaikki apa yang dia telah merosak; tetapi sebanyak dia cuba, Aisha tanpa berjaya.

"Jangan bimbang, saya boleh membuatnya sendiri," ketam berkata. "Tetapi, tolonglah melihat sekeliling anda sebelum memijak atas muka bumi."

Dengan itu, Ketam hilang pula kepada lubangnya untuk terus pekerjaannya.

Aisha dengan cepat, pulang ke rumah dan membilang ibunya, dengan kegembiraan, apa telah menjadi.

"Baiklah", kata ibu, "kami manusia tidak akan dapat membuat apa sahaja yang alam semula jadi mewujudkan. Ini sebabnya, kami harus berkenaan alam semula jadi dan membelajari daripadanya. Tanpanya, kami manusia tidak boleh berhidup."

Dengan itu, ibu menyiapkan Nasi Goreng untuk sarapan.

"Masa untuk bersekolah!" ibu berkata dan kanak-kanaknya pun keluar rumah dengan pantas.

Di sekolah, Aisha menceritakan apa telah menjadi kepada rakan sedarjahnya dan cikgunya.

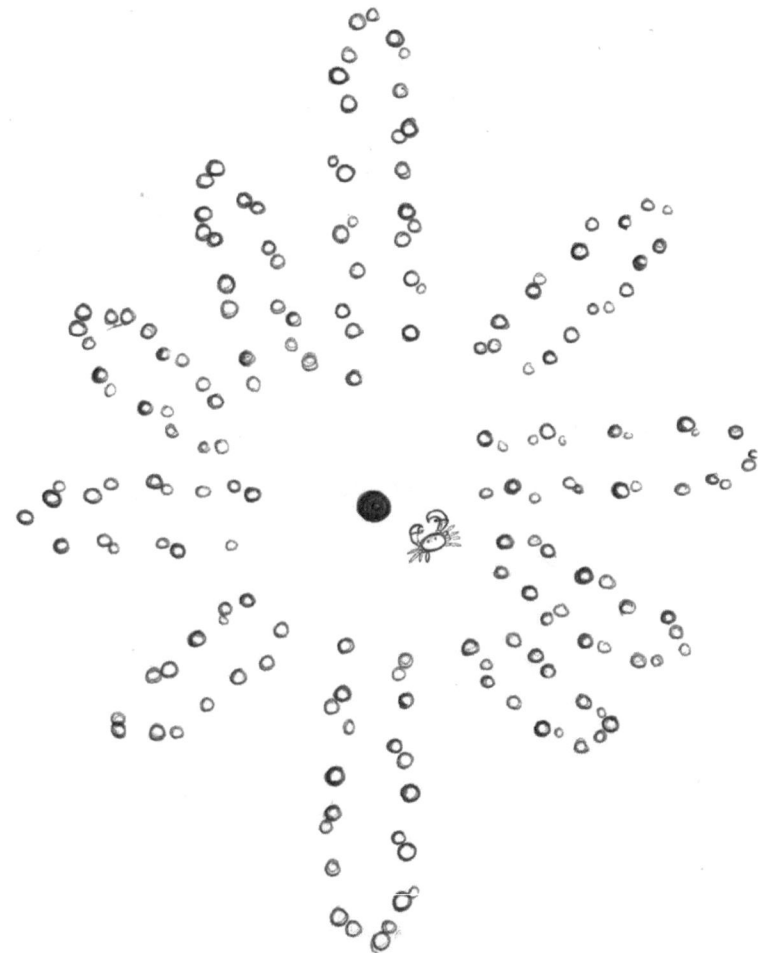

Keluarga Leguan

Aisha bermain dengan kawannya berdekatan dengan hutan. Mareka asyik percikan air antara satu sama lain. Sebelah mereka ada air terjun yang indah dan suhu sekeliling mereka menjemput mereka untuk bermain dengan air. Matahari adalah tinggi, sekolah sudah berselesai dan murid-murid boleh bermain di luar selepas makan tengah hari yang termasuk telur dan kacang hijau.

Dengan kegembiraan mereka lari keluar rumah. Mereka membuat bulatan dan berduduk atas pasir. Seorang bermula cerita dan kawan-kawannya akan bersambung sampai habis. Dengan itu, lima kanak-kanak bermula dengan lima ayat dan habis dengan cerita yang menarik dan lucu.

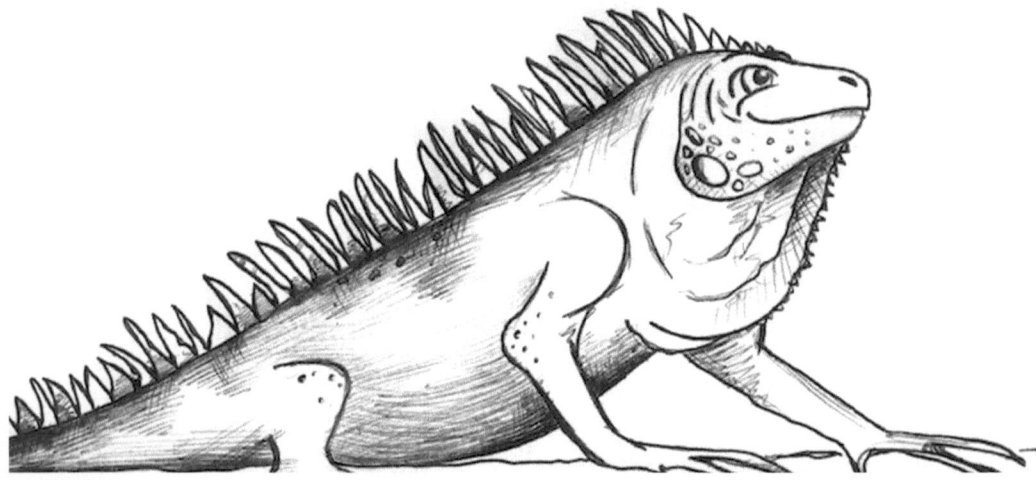

Pada suatu masa dahulu, ada seekor leguan yang bertingal berdekatan dengan hutan ini dengan keluarganya. Satu hari, Saya Baruk, ketua keluarga itu, menyedari yang tidak ada cukup makanan untuk keluarga kecilnya. Ibu Marry pun mencari terdesak-desak untuk makanan, seperti beri-beri dan cicak-cicak kecil dan mengunyahkan makanan itu dalam mulutnya sebelum menyuap anak-anaknya.

Pada satu hari, ayah berjumpa monyet kecil yang mengayunkan dengan bergembira dari cawangan-cawangan sambil bernyanyi lagu merdu. Ayah bertanya Tamtam, monyet itu, untuk perbantuan: „Tamtam, saya memerlu bantuan, keluarga saya lapar dan tidak boleh memperolehi makanan cukup.

Manusia telah datang dan potong semua pokok-pokok dan membakar alam sumula jadi hingga kami tanpa mencari makanan. Boleh anda tolong mengumpul buah-buahan dari pokok-pokok? Saya terlalu berat untuk memanjat pokok".

Tamtam berjanji untuk bertolong dan memanggil semua kawan-kawannya untuk bertolong. Mereka mengangkat Saya Buruk ke dalam pokok-pokok. Dari sana, ayah boleh manolong diri sendiri dan mengumpul buah-buahan dan binatang kecil untuk keluarganya. Selepas itu, mereka menolong Saya Buruk ke tanah semula lagi. Saya Buruk mengenal yang kerja bantuan ini amat memenatkan dan segan untuk bertanya pertolongan Tamtam dan kawan-kawannya lagi.

Tiba-tiba, ayah leguan teringat kampung manusia yang tinggal berdekatan. Saya Buruk tergesa-gesa untuk mencari kampung ini, kelaparannya meningkat. Apabila dia bersampai, orang-orang kampung itu berketakutan dan berlari daripadanya. Saya Buruk tidak berhasrat untuk takutkan atau mencederahkan mereka. Dia hingga ingin bertompang tanya pertolongan untuk mendapatkan makanan.

Saya Buruk pun memasuki dapur yang terdekat dan bermula makan apa sahaja yang di atas meja dapur. Dapur ini adalah dapur keluarga Aisha. Berbagai jenis makanan berada sebagai ayam, ikan biarawan, rumput laut dan cubis. Ayah berseronok makan ini semua dan selepasnya dia amat kenyang.

Seterusnya, Saya Buruk pula mencari katil dan tertidur atasnya.....

Apabila Aisha pulang, dia terkejut melihat Saya buruk tengah tidur di katilnya. Aisha menjerit untuk pertolongan....

Semasa anak-anak bermain, Aisha tertidur dan bermimpi cerita ini. Apabila Aisha menjerit, ibunya pun berdatang dan peluknya dengan ketat.

„Apa telah jadi sayang?" tanya ibu Aisha.

Aisya bangun dan berasa keliru, dia tidak tahu di mana dia dan jika dia tertidur atau bersedar.

Ibu bersenyum dan memberitahu Aisya yang dia hanya mimpi.

Tetapi, denyutan jantungnya cepat untuk masa yang lama....

Lissi

Aisha selesai kerja rumahnya dan berbaring di pasir depan rumahnya. Dia hendak menonton awan yang lulus di langit.

Dia bermain "teater awan" sebeberapa kali dia boleh. Aisha berkaji setiap awan sehingga dia boleh merupakan bentuknya. Seterusnya dia mencipta cerita dengan bentuk- bentuk awan.

Ada awan yang berupa kambing kecil, serigala jahat dan dongeng. Kerana itu, dia membina ceritanya: serigala jahat hendak memakan kambing kecil tetapi dongeng menguna sihir untuk menukar bentuk serigala itu kepada penjaga kambing. Aisha bergembira dengan ceritanya.

Tiba-tiba ada sesuatu yang bergerak di bawah tangannya: "Astaga, apa itu?"

Dengan cepat Aisha tarik balik tanagannya dan melihat ke tanah itu: "what was there?"

Pada mulanya, Aisha berfikir ia adalah ular tetapi ia hanya cicak kecil! Dia bernafas muda semula. Cicak itu memperkenalkan dirinya: "Saya Lissi, apa nama anda?"

Aisha, walaupun masih dalam kejutan berkata namanya.

"Saya mencadangkan kami bermain antara satu sama lain," kata Lissi, "saya amat bosan!"

"Ya" jawab Aisha, "jom, main teater awan dengan saya!"

Aisha menerangkan bagaimana untuk bermain teater awam sehingga Lissi memahami. Mereka pun bermain.

Aisha dan Lissi mencipta cerita lucu- lucu. Ada sekali masa, Lissi ternampak lalat besar dan hendak tangkapnya. Lissi pun melompat tetapi tidak dapatnya. "Adui!" Lissi jerit apabila dia jatuh atas perutnya. Lalat itu tidak sebenar dan hanya wujud di imaginasinya. "Saya tidak mahu bermain lagi!" kata Lissi sambil menjilat perutnya yang tengah bersakit.

Dalam masa itu, seekor lalat menduduk di batu depan Lissi. Dengan diam-diam dia berdekatan dengan batu dan menangkap lalat itu. Lissi berseronok sambil makannya.

Lissi terus berbaring atas pasir untuk menghathamkan makanannya.

Aisha melihat kawan barunya dan menyentuh tubuh badannya. Aisha mendapati yang Lissi berbadan sejuk. Sepadan, cicak adalah darah sejuk.

Aisha terus bersambung teater awam sampai ibu memangilnya untuk makan tengah hari.

Lissi pula bertidur seolah-olah di bekerja keras. Boleh dikatakan untuk bermakan dan berhatham badan juga mesti kerja keras.

Burung Raja Udang Utam

Musim sejuk sudah bermula.

Musim sejuk di Malaya bermaksud musim hujan. Di Malaya ada musim kering dan musim hujan. Semasa musim hujan, ayah boleh keluar memancing di laut hanya beberapa kali sahaja. Pada musim ini, laut terlalu berbahaya dan gelombang amat kasar. Oleh kerana itu, ada masa bila keluarga mesti tunggu lama untuk mendapati ikan. Kelebihan musim hujan: tidak panas, sayur-sayuran dan buah-buahan boleh berkembang dengan betul di padang. Pada musim kering pula cuacanya amat panas yang berlaku terutamanya antara April dan Oktober. Kanak-kanak ada cuti panjang yang indah dan Aisha tidak bersabar kerana dia boleh mengikuti ayahnya ke laut untuk memancing.

Pada satu hari, ayah keluar ke laut walaupun gelombang keras untuk menangkap ikan. Sudah tidak cukup makanan di rumah.

Ayah baru hendak melepaskan pancingnya apabile ikan besar datang dan terbalikan sampannya. Ayah dengan pancingnya masuk ke dalam laut itu yang berbahaya. Ayah dapat memegang tepi sampannya tetapi tidak pasti atas caranya untuk kembali ke pantai. Ayah terdesak dan menjerit untuk pertolongan. Tetapi, tiada orang boleh mendengarnya, gelombang terlalu kuat.

Sesuatu burung raja udang ternampak kejadian ini dan menerbang ke rumah keluarga ayah. Burung itu menjerit teruja hingga mendapati perhatian keluarga ayah. Aisha dapat memahaminya kerana dia mempelajari bahasa burung. Burung adalah kawan terbaik Aisha. Aisha dengan cepat menterjemahkan apakah Utam, burung raja udang itu, telah berkata.

Utam menjerit kerana berita yang dia bawak amat segera.

Ibu mempercayai Utam dan apabila tengok jauh ke laut boleh nampak sesuatu sampan yang terbalik dan seorang lelaki yang tengah memegang kepada tepinya. Ibu telah terperanjat dan berasa amat takut apabila mengiktirafkan yang lelaki itu ialah suaminya. Ibu teras memangil jiranya. Ibu mintak tolong jiran untuk menyelamatkan suaminya dari laut dan gelombang-gelombang yang makin keras itu. Sudah beberapa kali gelombang besar menolak ayah bawah permukaan laut. Tiba- tiba gelombang besar telah mengelam ayah dan sampannya sekali. Ayah tenggelam sampai seekor ikan lumba-lumba datang. Ayah sekit lagi pengsan tetapi dengan nafas akhirnya dia mengguna semua kekuatan yang dia ada untuk memegang ke ikan lumba-lumba itu. Ayah pun menyampai permukaan laut sekali lagi.

Ayah melihat dalam mata ikan lumba-lumba itu dan bermula menangis: tidak pernah dalam kehidupannya dia berasa cinta sebagai ini dan dia pun menyedari atas dekatannya dengan kematian. Tanpa pertolongan ikan lumba-lumba itu, ayah akan meninggal dunia.

Pada masa sama, jiran-jiran telah mulai sampan mereka dan ingin mancapai ayah. Tetapi, mereka juga bertemu kesusahan oleh kerana gelombang-gelombang keras itu.

Akhirnya, mereka berdekatan dengan sampan ayah. Muka ayah sudah biru dan dia tidak boleh cakap oleh kerana air dalam mulutnya dan paru-parunya. Ayah tidak mahu melepaskan ikan lumba-lumba itu kerana dia menyelamatkan ayah!

Jiran-jirannya tariknya keluar air dan ayah berbaring di lantai sampan mereka. Ayah pusing ke belakang untuk melihat penyelamatnya sekali-lagi. Ikan lumba-lumba itu melompat keluar air sekali lagi dengan kegembiraan sebelum berhilang.
Dengan usaha besar daripada jiran-jirannya, mereka sampai pantai secukup masa sebelum gelombang besar datangi.

Ibu menjerit kebahagian dan mengucap terima kasih kepada Aisha yang memahami perkataan Utam. Ibu mengambil suaminya yang tengah menggigil dalam tangannya dan menangis bersyukuran.

Seekor burung raja udang dan seekor ikan lumba-lumba telah menyelamatkan seorang manusia!

Burung raja udang memakai warna yang indah di bulunya, mereka pun ada paruh yang pangang untuk menankap ikan. Walaupun mereka indah, suara mereka buruk. Tetapi, suara mereka berguna kepada manusia, kalau tidak, tidak akan menyedari burung ini.

Ikan lumba-lumba amat lembut dan penuh kecintaan. Apabila seornag memegangnya boleh rasai perasaan mereka yang suci. Binatang ini cintai tanpa syarat dan berhak berkenaan yang paling atas!

Helang Laut Timor

Tiba-tiba helang laut berterbang dengan laju seperti dia tiada masa untuk membazir.

Sebenarnya, helang laut memang tengah terburu-buru. Ini kerana rumahnya, pokoknya, adalah di dalam bahaya. Gelombang besar telah datang daripada laut. Atas pokoknya adalah sarang helang laut itu: anak bertiganya di dalam sarang itu dan akan menetas tidak lama lagi! Dia patut membuat sesuatu dengan pantas.

Musim hujan telah datang dan ia sudah berhujan beberapa minggu tanpa berhenti. Tanah pun tidak boleh menyerap airnya secepat hujan berturun. Bumi bersyukur atas setiap titik air tetapi air hujan yang tengah berturun terlalu banyak. Hingga air itu berkumpul dan banjir padang-padang.

"Tolong, kami tengah lemas!" berjerit adik sambil dua-dua abangnya, Mohamed dan Ibrahim menjerit juga.

Masa selepas masa, gelombang besar datang dan rumah kecil itu disiram dengan air. Air masuk rumahnya daripad tingkap dan pintu. Ibu bertakutan tetapi ayah kekal tenang.

Dia tengok Timor, helang laut itu, bagaimana dia berangkat sayangnya dan hilang. Hanya Aisha dan dia sendiri memahami apa maknanya. Aisha menonton tanda-tanda burung dengan teliti. Dia mempelajari ini daripada ayah.

Dua-dua abang mengangkat beg pasir yang besar dan cuba memperkukuhkan pintu dan tingkap. Apabila pasir sudah disiap di tempat sebetulnya, keluarga boleh rehat sekejap.

Dengan senyap, ayah menonton Timor, bagaimana dia mebuat bulatand di langit dan terus berterbang jauh di daerah laut. Ayah berdoa untuk pertolongan. Aisha juga membuat sama. Dua- dua mereka bersenyap dan berdoa. Dalam hati mereka, ada harapan untuk keajaiban. Mereka percaya sangat dan berasa pertolongan akan datang.

Sekejap lagi Timor datag balik dengan burung layang-layang. Mereka berterbang dalam pembentukan dan ke daerah rumah Aisha. Muka Aisha bergembira apabila dia bernampak burung-burung makin berdekatan dengan rumahnya. Burung- burung itu berpusing kebelakang dan berterbang ke dalam gelombang. Ada burung yang tidak keluar... Aisha tahu apa makna itu than bermula menangis. Burung-burung itu berkorban untuk manusia.

Dengan itu, laut berpuas hati dan keajaiban itu telah berlaku: gelombang mula berkecil dan laut berhenti menghantari gelombang yang kuay dan berbahaya. Laut pun tenang dan bersunyi.

Mereka selama!

Aisha dan keluarganya mengucap terima kasih kepada Timor dan burung layang-layang yang masih berhidup. Mereka pun memberi makanan kepada burung-burung. Ayah pun menolongi Timor dengan pokoknya yang sedekit lagi roboh. Ayah memberi sokongan kepada pokok itu supaya air tidak boleh robohkannya. Dengan itu, Timor boleh menjaga anak-anaknya sampai mereka menetas dan boleh berterbang bersendirian.

Keluarga Aisha amat bergembira dan peluk satu sama lain. Mereka penat tetapi lega.

Selepas beberapa minggu, anak Timor pun berterbang kepada langit. Setiap Ahad, mereka akan berterbang di sekeliling rumah Aisha dengan mata bersyukuran. Aisha dan ayahnya memahami tindakan mereka.

Pokok perbualan

Suatu masa dahulu... Aisha dilahir.

Ibu-bapanya dan tiga-tiga abangnya amat gembira dengan ketibaan seorang bayi perempuan! Mereka amat gembira hingga seluruh keluarganya dan kawan-kawan dijemput ke rumah mereka untuk makan.

Semua orang datang, ayam, anjing dan kucing pun. Ibu memasak banyak dan murah hati kepada tetamunya walaupun mereka tidak kaya.

Mereka amat gembira!

Aisha berkuat senyum walaupun dia masih kecil. Dalam kereta sorongnya, dia suka apabila ditolak oleh ibu di bawah pokok pisang sebelum dia tidur. Aisha daripada buaiannya senyum kepada pokok dan bertidur.

Aisha bermimpi. Dia mimpi yang pokok pisang itu berbual dengannya. Aisha tidak bermimpi, pokok pisang itu benar-benar berbual dengannya!

"Aisha, sayang kecil saya, mari tidur. Saya akan bernyani untuk kamu". Pokok pisang itu pun bernyanyi perlahan supaya Aisha bertidur dengan seronok.

Apabila Aisha bangun dia nampak muka ibunya yang tengah bersenyum. Aisha tidak pasti ibunya yang menyanyi atau pokok pisang itu. Aisha masih kecil sangat untuk memahami ini semua.

Ibu berdokong dan cium Aisha sebelum memberinya susu untuk berminum. Aisha sentiasa senyum. Ia sebagai dia tengah bermimipi. Dia tengok pokok pisang itu, seterusnya ke ibu, pokok pisang sekali lagi dan ibu sekali lagi. Aisha tidak ingat lagi siapa yang bernyanyi.

Kemudian, Aisha tanya ibunya jika pokok-pokok boleh berbual. Ibu hanya senyum dan angguk. Ibut tidak suka memberi jawapan supaya Aisya boleh mengadai pengalaman sendiri.

Sekarang, Aisha sudah berumur tujuh tahun, dia tahu yang pokok-pokok boleh berbual.

Aisha suka jalan di hutan, dengan senyap, supaya boleh mendengari perkataan pokok-pokok. Ada yang ada suara dalam da nada yang mengadai suara tinggi. Ada pokok yang suka ngomel da nada yang suka bernyanyi. Apabie dia pulang dari pengembaraannya, Aisha akan ceritakan pengalamannya kepada pokok-pisang yang sekarang sudah besar.

Aisha peluk pokok pisangnya – kerana dia pokok kegemaran Aisha.

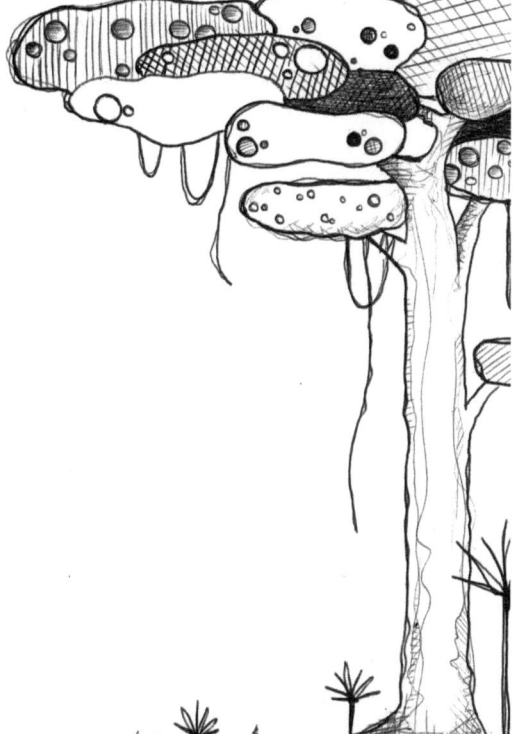

Nenek

Imam kampung berazan subuh supaya seluruh kampung bangun untuk beribadah. Hari sudah mula tanpa cahaya matahari. Sekejap lagi, matahari pun keluar dan lampu jalan rayu dipadamkan.

Burung semua bersedia untuk aktiviti hari itu. Burung raja udang yang sangat indah menjerit "selamat pagi", helang laut pula membuat bulatan di atas laut dan juga menyediakan diri untuk pergaulan hari itu.

Aisha menyediakan diri untuk sekolah, abang-abangnya sudah keluar rumah, ibu sedang menyemaskan rumah dan ayah sudah keluar untuk mencari rezeki.

Tiba-tiba, dua kuda muncul di ufuk: Perlahan-lahan mereka berdekatan.

Pada mulanya, Asiha takut, tetapi tidak lama dia berasa seronok melihat kedua-dua kuda itu. Apabila mereka amat dekat, Aisha mengiktiraf satu antara dua-dua penunggang kuda itu: ialah nenek, dia kerupaan muda!

Tetapi – ini tidak mungkin, Aisha berfikir, nenek sudah meninggal dunia beberapa tahun dulu!

Nenek meninggal dunia dalam sesuatu ribut petir. Apabila dia di taman, kilat kilat mogok sesuatu pokok yang nenek berdiri bersebelahan dan nenek mati. Nenek masih muda pada masa itu dan Aisha belum lagi satu tahun pun. Semua berlaku dengan cepat.

Ini adalah apa yang orang ceritakan.

Tetapi, apa yang berlaku, tiada seseorang pun boleh pastikan. Nenek hanya hilang dari muka bumi. Tiada orang nampaknya lagi selepas hari itu.

Ini berlaku beberapa tahun dulu.

Sekarang pula – apa ini? Adakah ini nenek?? Berduduk di atas kuda dan ada teman sebelahnya?

Aisha! Apalah telah menjadi di kepala kamu?

Aisha menjerit: "nenek, adakah itu kamu?"

Wanita yang dia tegur, bersenyum dan turun dari kudanya. Dia peluk Aisha. Mereka berduduk di pantai dan wanita itu mula bercerita apa telah berlaku dan kenapa dia datang sekarang.

Dia bercerita yang dulu, ada mogok kilat dari syurga yang tariknya kepada langit. Mereka sampai di sesuatu kampung selepas perjalanan lama. Rumahnya dibikin oleh kapas, katil dibina oleh krim disebat, seluruh sekitaran ada pokok-pokok dan bunga-bunga yang dibuat emas. Orang di sana ada sayap dan muka mereka manis. Nenek ingin tinggal sana kerana dia suka sangat tempatnya. Selepas beberapa tahun, nenek bermula rindu rumahnya dan ingin berjumpai dengan keluargannya. Dia dapat dua kuda dan seorang teman. Kudanya ada sayap kerana mereka turun dari syurga.

Nenek berkongsi ini semua dengan Aisha sambil bersenyum lebar sampai air mata Aisha keluar dan dia peluk wanita itu. Aisha menangis kegembiraan dan dipeluk balik oleh neneknya! Dia sudah rindu neneknya terlalu lama.

Mereka hanya berduduk beberapa minit, dalam kesunyian dan tersayang satu sama lain.....

Apabila Aisha berbukak mata, dia terperanjat apabila dia didokong oleh ibunya dan bukan neneknya! Apa telah menjadi?

Aisha menceritakan kejadian itu kepada ibunya; tetapi ibunya hanya bersenyum: "Aisha, cinta saya, nenek kamu ada dengan kamu. Dia pun rindu Aisha. Ini adalah keindahannya jika Aisha percayai kepada mukjizat!

Baiklah, cepat siap, sekolah bertunggu."

Dengan kecil hati Aisha memahami yang dia hanya bermimpi kerana dia rindu neneknya sangat.
Apabila Aisha berpusing, dua-dua kuda dengan dua-dua penunggangnya sudah berhilang.

Tetapi, perasaan Aisha apabile neneknya peluknya tidak akan dilupai oleh Aisha.

Ada masa-masa Aisha berduduk di tepi laut dan tutup mata untuk bermimpi neneknya yang dia amat cinta!

Babi datang daripada mana??

Malam sudah datang dan lampu jalan baru dibuka. Keluarganya baru habis makan malam dan Aisha menolong ibunya mengemas mega. Mereka bersyukur atas makanan lazat yang ada sayur-sayuran dan sebagainya. Untuk cuci mulut, nanas segar daripada taman disiapkan.

Ibu cuci pinggan sambil Aisha mengeringkannya, seperti wanita patut buat. Lelaki pula menolong ayah susun laluan di depan rumah. Banjir beberapa minggu lepas telah menhancurkan tempat jalan itu. Ia mengambil masa lama sebelum mereka boleh memakai laluan itu lagi.

Daripada tepi matanya, Mohamed ternampak sesatu baying-bayang: dia naikkan kepalanya dan – kebetulannya – ada lima babi yang berlalu dan mereka tidak perasan. Ibunya dulu baru empat anak-anaknya. Dengan senyap babi itu cuba lepas tiga lelaki dan berhilang. Pada masa itu, ayah perasan kumpulan babi itu dan mengeluarkan tembakkannya.

Ibu babi telah hendak mencari makanan untuk anak berempatannya. Dia berdiri dan meminta ayah supaya jangan tembak. Dia sudah berjalan berjam-jam dan amat penat dan lapar. Jika anda tembak saya, anak-anak saya akan mati kelaparan. Mereka masih kecil dan tidak boleh mencari makanan bersendirian!" Ibu babi merayu dengan ayah sambil anaknya berlari dalam arahan lain.

Dalam kejutan, tembak ayah jatuh ke lantai. Dia tidak harap yang seekor babi boleh berbual. Dia tengok sahaja ibu babi itu yang berdiri depannya. Ayah boleh menembak ibu babiini tetapi dia tidak boleh menaikkan tembaknya oleh kerana dia masih dalam kejutan.

Ibu babi berkata: "Kamu patut berhenti menangkap kita. Kita terlalu berisi, ia tidak sihat untuk kamu makan. Kenapa tidak berkembang sayu-sayuran, buah-buahan dan biji sendiri? Jika makan babi, kegembiraannya beberapa lama sahaja dan amu akan bermula sakit. Kamu akan menyesal tidak lama lagi.

"Kami boleh menolong kamu mengorek lobang"! Ibu babi menambah sambil panggil anak-anaknya pulang.

"Jika ayah ambil kita sebagai peliharaan, kami boleh tolong membina lobang untuk diguna tanam biji pokok. Kami boleh tolong satu same lain."

Ayah suka idea itu dan meletak tembaknya balik dalam rumah.

Ayah pun membina pagar dan binatang boleh tinggal sekeluarga. Apabila, bantuan mereka diperlukan, ayah membuka pagar dan babi menolong berkorek . Babia mat pandai sampai boleh menyakinkan manusia.

Dalam masa sama, matahari turun dan malam akan datang.

Beberapa aman dan tenang persekitaran di dalam apabila binatang dan manusia bertolong satu sama lain!

Daripada hari itu, ayah tidak membunuh binatang dan kesihatannya bertambah baik.

Pengembaraan Ayer Ketam kecil

"Kamu tidak akan tangkap saya seberapa senang gitu!"
Ayer Ketam kata kepada dirinya sendiri sambil
seorang bermula korek guanya dan tariknya keluar!

Ayer Ketam cuba menyembunyikan dirinya di
belakang gua dan tersenyum kepada dirinya sendiri.
Sekali lagi, pemburu ketam itu masukan kayu dalam
guanya.

Orang asli kampung itu, menangkap ketam dengan
mengguna kayu papan panjang dan memasukkan
kepada gua ketam dan menunggu ketam memegang
kepadanya. Apabila mereka merasai itu, pemburu
akan tarik keluar papan kayu itu dengan teliti supaya
mudah untuk bertangkap ketam itu. Jika mereka tarik
keluar kayu itu dengan laju, ketam akan melepaskan
dirinya dan tidak akan tumbuh di permukaan pasir.

Mohamed, abang Aisha, ialah pemburunya pada hari
ini. Mohamed kata kepada dirinya sendiri sesuatu
yang pelik tetapi Ayer Ketam mengiktirak suaranya.

Ayer Ketam pun gerit kepada Mohamed "Kasi saya hidup! Kamu akan masih berlapar selepas makan saya kerana saya tidak berdaging banyak. Kamu pun boleh pecah gigi mencuba makan saya!"

"Saya janji akan bawak anda kepada daerah yang mengandung buah-buahan yang tersedap. Tetapi Mohamed mesti janji tidak makan saya!"

Mohamed terperanjat kerana dia tidak pernah mendengar ketam berbual! Dia mendengar dengan teliti dan ketam berulang kata-katanya. Mohamed sekarang pasti yang suara itu datang dari gua itu. Dia tengok sekelilingnya tetapi tidak ada seorang berdekatan dengannya.

Walaupun dia masih keliru atas suara itu, Mohamed jawab balik kepadanya: "Saya janji tidak akan makan kamu. Tetapi, kamu mesti tunjuk saya kepada pokok-pokok yang mengada buah-buah tersedap ini." Mohamed pun letak kayunya dalam gua itu dan ketam memegangnya ketat sampai Mohamed tariknya keluar.

Apabila ketam keluar, mereka melihat satu sama lain. Ayer Ketam tidak pasti Mohamed akan mungkir janjinya dan dia berasa takut. Mohamed pun tidak pasti dan memikir dua kali supaya bunuh ketam atau tidak. Tetapi, oleh kerana dia seorang ahli keluarga Aisha, dia seorang yang berjujur. Dia pun tidak membunuh ketam. Ayer Ketam berlari secepat mungkin dan ia mengambilnya masa yang lama untuk ke destinasinya, Mohamed ikut belakangnya sahaja.

Selepas setengah jam- matahari telah setinggi mungkin di langit dan Mohamed telah peluh satu tubuh badannya - mereka pun bersampai: Apa yang matanya tengah nampak?

Depannya ada taman, ia seperti taman syurga! Beberapa pokok ada yang mengadai buah-buahan yang masak, di lantai nanas dan sayur-sayuran hijau tengah tumbuh. Mohamed tidak pernah nampak kecantikan sebegini. Di tengah taman itu, ada seorang wanita yang berambut warna emas. Dia pun tersenyum kepada Mohamed dan berkata: "Saya akan memberi kamu semua buah-buahan di taman saya kerana kamu tidak membunuh ketam", wanita itu pun membawak Mohamed kepada setiap pokok supaya dia boleh memilih buah-buahan yang dia ingin mengutip.

Dengan gembira Mohamed sampai rumah dengan buah-buahan yang sedekit lagi dia tidak boleh berdokong.

Aisha pun datang dan Mohamed berbincang dengannya tentang pengembaraannya.
Mohamed tidak bertemui dengan Ayer Ketam lagi – adalah ketam itu berbual dengannya? Mestilah... Buah-buahan yang dia bawak balik adalah bukti yang taman indah itu berada dan yang ketam boleh berbual.

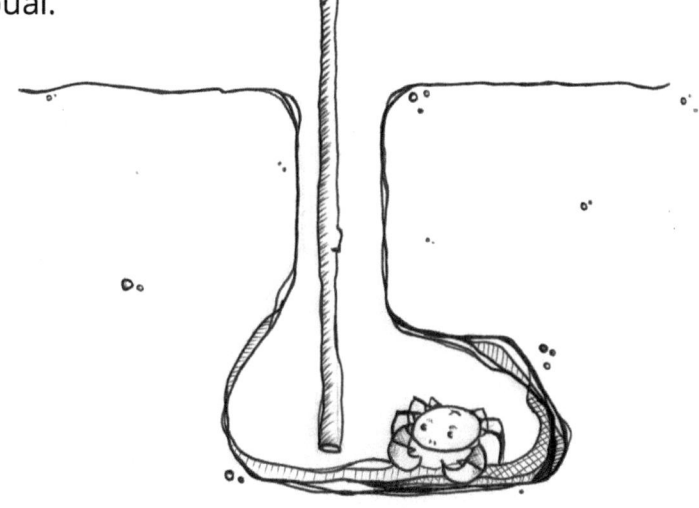

Burung layang-layang

Sekali lagi, awam berhitam muncul di langit! Ia masih musim hujan dan hujan berupa akan datang sebelum dia boleh menarik dirinya.

Burung layang-layang berterbang dalam bulatan tetapi mereka tidak boleh apungan betul.

Aisha menonton mereka dari tingkapnya sebelum terus ke luar untuk memperbaiki pandangannya. Apa telah menjadi? Tiba-tiba, burung layang-layang berada dalam kegelisahan, mereka berkomunikasi satu sama lain:

Cepat, jom kita terbang jauh, hujan lebat akan datang!" mereka terus ke pokok-pokok dengan memakai sayap yang kuat. Mereka tidak berasa angina untuk tolong mereka meluncur dan oleh itu mesti memakai sayap mereka supaya tidak jatuh. Mereka kelihatan seperti kelawar dan Aisha mesti melihat dengan teliti untuk mengetahui bezaannya.

Hujan pun berturun dengan lebat.

Tiba-tiba seekor burung laying- laying yang kecil terbang ke arah pantai. Dia bergerak sayapnya beberapa kali sehingga tidak boleh dilihat lagi. Mungkin sayap kecilnya basah dan pengalaman penerbangannya tidak cukup. Aisha telah menangis sambil bercari burung itu di pantai. Selepas beberapa minits masih Aisha tidak boleh mencarinya.

Burung layang-layang kecil itu sudah berjumpa keamanannya di lautan besar. Aisha pun menangis. Aisha menangis lebih apabila ternampak dua burung laying-layang membuat bulatan di tempat burung itu berhilangan. Burung layang- layang besar itu menangis dengat kuat tetapi tiada jawapan.

Alam semula jadi sudah mengambil keputusan.

Burung layang-layang lain dapat berterbang keselamatan.

Selepas beberapa masa, hujan lebat pun berhenti dan burung-burung menyanyi sekali lagi. Mungkin lagu ini mengumumkan berhentian hujan? Ataupun burung-burung telah menolong berkabung burung layang-layang kecil yang dihilang. Ia tidak pasti.

Tetapi apa yang amat sedih ialah yang burung layang-layang kecil mati. Mungkin dia ingin tahu dan berkembara. Ataupun mungkin dia suka berterbang sampai lupa masa.

Kita hanya tahu yang burung layang-layng mengumumkan apabila hujan akan datang bila mereka berterbang rendah. Apabila mereka berterbang tinggi, cuaca tenang.

Apabila Aisha mengeringkan air matanya......

Menyama

Aisha tengah tidur atas katilnya. Sekelilingnya tenang.

Tiba-tiba cuaca di luar tukar. Hujan turun dengan lebat dan Aisha terbangun. Lautan sudah tenang dan air pasang tertingginya. Hujan turun tanpa rahmat. Bunyi hujan terlalu kuat hingga Aisha tidak boleh tidur balik.

Aisha berasa gatal di tubuh badannya. Adalah dia lupa melampirkan langsir nyamuk dengan betul sebelum tidur? Ia patut diikat dengan ketat supaya nyamuk tidak boleh gangunya. Tetapi, kali ini Aisha hanya merata langsir nyamuk itu sekitar katilnya. Oleh kerana itu, ia adalah kesalahan dia sendiri. Aisha juga menguna ubat nyamuk tetapi ia tidak menolong banyak. Aisha pun tanya diri sendirinya kenapa Tuhan mewujudkan binatang seperti nyamuk; mereka tidak bawak salah satu kesempatan, tetapi kelemahan sahaja. Nyamuk telah duduk atas daging manusia atau binatang, memegang dengan ketat kepadanya dan menyuntik racun kepada mangsanya. Lebih daripada itu nyamuk juga menghisap darah mangsanya. Tidak ada manfaat yang nyamuk bawak.

Aisha pun bangun dan minum air dari cawan yang berdekatan dengannya. Seterusnya dia duduk di kursi yang sebelah katilnya dan mendengar hujan turun. Aisha berharap yang semua binatang sudah mencari tempat perlindungan supaya tidak basah kuyup dalam hujan ini. Mata Aisha bermula tutup tetapi dia masih sedar kerana boleh mendengari nyamuk terbang. Tiba-tiba bunyi nyamuk berterbang tukar kepada suara tipis. Nyamuk hitam bertukar kepada bintang kecil. Bintang itu makin ramai dan berterbang kepada tempat yang binatang lapar.

Hujan lebat pun tukar ke hujan lembut dan memberi binatang air untuk berminum.

Tiba-tiba Aisha bangun kerana sedekit lagi dia menjatuh dari kurusi itu dan air di dalam cawannya tertumpah ke atas kakinya.

Dengan laju dia melompat ke atas katilnya dan amat bergembira tentang penglihatannya: tukaran hujan lebat kepada air minuman untuk binatang dan tukaran nyamuk kepada makanan untuk binatang.

Akhirnya, nyamuk juga ada tujuan di muka bumi ini.

Kejutan

Malam telah sampai.

Dengan cepat, seekor monyet lompat ke atas pokok, burung balik rumah dan berhenti bersenandung dan kelawar bermula penerbangan mereka. Pada masa ini, lautan bersunyi dan gelap.

Aisha pun menyium malam ibu- bapanya dan ke biliknya untuk menyediakan beg sekolahnya.

Seterusnya, Aisha menyalin ke baju tidurnya, cuci mukanya dan bergosok giginya. Aisha ingin bertidur kearan dia penat daripada bekerja keras hari itu. Selepas sekolah, di menolong ibu-bapanya di padang. Tidak beberapa lama lagi, orang hendak hujan datang dan biji yang ditanam akan mula berkembang.

Aisha pun berlompat masuk katilnya, melafaskan doanya dan menutup matanya.....

Tiba-tiba, Aisha mendengar bunyi di dalam biliknya!

Bunyinya datang daripada daerah berdekatan dengan beg sekolahnya! Aisha pun tenang supaya boleh mendengari bunyi itu dengan lebih teliti. Mungkin ia seekor cicak. Aisha pun menunggu sambil berdiam-diam. Sekali lagi, dia mendengari bunyi itu, kali ini dari daerah biliknya lain. Seterusnya, Aisha mendengar seorang tengah berbising makan, degupan jantung Aisha pun naik. Aisha tidak pasti apa bunyi itu. Tidak mungkin seorang perompak kerana ibu-bapanya masih belum tidur dan rumahnya berlampu. Tetapi apa mungkin bunyi itu di biliknya??

Ketegangan di biliknya terlalu banyak dan Aisha menghidupkan lampu suluhnya di bawah selimut. Aisha pun bersinar lampu ke daerah bunyi itu. Aisha ternampak seekor landak yang telah membuat bunyi itu! Dia pun telah terkejut dan tengok Aisha dengan mata besar. Makanannya sikit lagi jatuh dari mulutnya.

"Minta maaf, Aisha" landak itu berkata. "Saya amat lapar dan makan sandwich Aisha yang di dalam beg."

"Apa? Binatang ini boleh bercakap" Aisha bisik kepada dirinya sendiri sambil berkelakuan yang ini sesuatu perkara yang biasa.

"Mestilah!" jawab Aisha, "kamu memasuki bilik saya, membuka beg sekolah saya, mengambil sandwic saya dan bermula makan dengan bising!"

"Tetapi, siapa kamu?"

Selepas semua yang Aisha sudah mengalami, dia sudah biasa dengan binatang bercakap dengannya dan yang mukjizat boleh berlaku.

"Oh, saya andaikan yang kamu ingin mendengar yang saya seorang putera?" jawab landak itu.

"Tetapi saya seekor landak mudah yang kelaparan!"

"Kenapa landak boleh membukai beg sekolah saya dan bermula memakan sandwic saya?" Aisha bertanya.

"Kerana...kerana....kerana...." kata landak.

Tiba-tiba, adik Aisha, Zainiffa, kelaur dari belakang mejanya dan bersenyum lebar.

"Kamu bodoh, kenapa Zainiffa memeranjat saya!" Aisha menjerit "tidak ada kerja lain ke?"

Zainiffa ketawa dan amat gembira yang dia boleh menipu kakaknya. Dia yang membuat bunyi itu dan membuka beg sekolah Aisha dan menukarkan suaranya. Seterus itu dia pun lari keluar bilik kakaknya.

Tetapi, landak itu masih tengok Aisha sahaja dan selepas beberapa minit berkata: "Sekarang, Aisha tidak pasti saya ke tak yang berbual dengan Aisha tadi kan?"

Apa yang anda agak: Siapa berbual dengan Aisha: Adiknya atau landak?

Terima kasih kepada sesemua yang bertolong
menerbitkan buku ini, terutamanya

Muhammed Khair Bin Muhammad Rizauddin
Aisha Rahim
Beate Melzer
Raymond Eiber
Emely Weipert

Dengan semua yang tidak disebut di sini.
Terima kasih